BATALHA DIMENSIONAL

BATALHA DIMENSIONAL

ALDIVAN TORRES

Canary Of Joy

Contents

1 Batalha dimensional   1

I

Batalha dimensional

Batalha dimensional
Aldivan Torres

Autor: Aldivan Torres
@2020- Aldivan Torres
Todos os direitos reservados.

Este livro, incluindo todas as suas partes, é protegido por Direito de autor e não pode ser reproduzido sem a permissão do autor, revendido ou transferido.

Aldivan Torres é um escritor consolidado em vários gêneros. Até agora, os títulos foram publicados em dezenas de idiomas. Desde tenra idade, ele sempre foi um amante da arte de escrever, tendo consolidado uma carreira profissional a partir do segundo semestre de 2013. Ele espera, com seus escritos, contribuir para a cultura internacional, despertando o prazer de ler naqueles que não têm o hábito. Sua missão é conquistar o coração de cada um de seus leitores. Além da literatura, suas principais diversões são músicas, viagens, amigos, família e o prazer da própria vida. "Pela literatura, igualdade, fraternidade, justiça, dignidade e honra do ser humano sempre" é o seu lema.

Batalha dimensional
Início
A criação
O primeiro mandamento
O segundo mandamento
O terceiro mandamento
O quarto mandamento
O quinto mandamento
Sexto mandamento
Sétimo mandamento
Oitavo mandamento
Nono mandamento
Décimo mandamento
Décimo primeiro mandamento
Décimo segundo mandamento
Décimo terceiro mandamento
Décimo quarto mandamento
Décimo quinto mandamento
Décimo sexto mandamento
Décimo sétimo mandamento
Décimo oitavo mandamento
Décimo nono mandamento
Vigésimo mandamento
Vigésimo primeiro mandamento
Vigésimo segundo mandamento
Vigésimo terceiro mandamento
Vigésimo quarto mandamento
Vigésimo quinto mandamento
Vigésimo sexto mandamento
Vigésimo sétimo mandamento
Vigésimo oitavo mandamento
Vigésimo nono mandamento

Trigésimo mandamento
Nova realidade
Seráfia
Querúbia
Tronar
Domínios

Início

Eis que Javé Deus existe desde todo sempre e para sempre existirá. Em algum momento desta eternidade eis que decide criar o universo com todos os seus seres. As primeiras obras de criação geradas do seu próprio ventre foi Jesus e Divinha, o primeiro sendo seu filho corporal e o último seu filho espiritual.

Com os filhos de Deus foi estabelecido a primeira galáxia e seu infinito conjunto de astros. A galáxia foi denominada etérea e o planeta habitável de Kalenquer. Foi justamente neste planeta que Javé Deus e seus filhos escolheram para viver há cerca de quinze bilhões de anos.

Através do poder divino de Javé foi erguido o palácio real de onde os três dirigiriam o destino da criação. São onipotentes, onipresentes e oniscientes e por si só já se bastam. No entanto, pelo seu grande amor queria mais.

Queriam compartilhar de sua felicidade com mais alguém mesmo sabendo dos riscos que incorriam. Assim o fizeram iniciando-se a criação.

A criação

Foram criados seres provenientes de sua luz santa denominados genericamente de anjos e as respectivas cidades e principados respectivos de Kalenquer no total de nove: Seráfia (Que abrigaria os serafins), Querúbia (Querubins), Tronar (Tronos), Domínios (Dominações), Potester (Potestades), Virtude (Virtudes), príncipo (Principados), Arccity (Arcanjos) e Angelus (Anjos). Os serafins são aqueles que queimam e se consomem no amor do bem maior; os querubins são considerados os guardas dos mistérios divinos; os tronos acolhem em si a grandeza do criador e a transmitem aos demais anjos; os chamados dominações exercem um importante papel de liderança celeste; as potestades transmitem exatamente aquilo que dever ser feito da melhor forma para os subordinados e tem um símbolo de poder; as virtudes são dotados do espírito de Deus e de sabedorias hierarquicamente iguais às potestades; aos principados cabem missões importantes por todo o universo; os arcanjos são os de maior hierarquia sempre em contato com Deus e os anjos são aqueles que executam as ordens das ditas castas superiores.

Logo após a criação, Deus pai convocou os arcanjos e entregou-lhes os seus trinta mandamentos, os quais deviam ser respeitados e seguidos. Nisto consistia a chave para a felicidade. Os arcanjos no que lhe concerne transmitiram a mensagem para os demais coros angélicos. Com isto, esperava-se que a paz e harmonia reinasse entre eles.

O primeiro mandamento

"Amar a Deus sobre todas as coisas, a si mesmo e aos outros".

Disse então Javé aos arcanjos: eis que sou o seu criador, o vosso Deus e espero o amor soberano ao meu nome, a vós mesmos e a tudo que foi criado. Fazendo isso, vós tornareis mais perfeitos".

"É justo. Todos faremos isso. (Gabriel)

"A vós toda glória e honra sempre. (Metatron)

"Eu me pergunto: já não somos perfeitos? Por que então infundir esta regra? (Lúcifer)

"A verdadeira perfeição só existe em mim e nos meus filhos amados. A vós, criaturas, basta nossa graça. (Javé)

"Droga! Problemas da criação. (Lúcifer)

"Não resmungue. Sede gratos pela vida e pela acolhida em nosso coração. (Divinha)

"Está bem. Perdão, filho de Deus. (Lúcifer)

"Não seja sarcástico, servo! Tenha prudência. (Retrucou Jesus)

"Não me interprete mal, mestre dos mestres. (Lúcifer)

"Como se eu não soubesse o que passa em sua mente. (Jesus)

"Eu já entendi. (Conteve-se Lúcifer)

"Reitero o mandamento em sua forma mais ampla: Amar a Javé e seus dois filhos sobre todas as coisas, acreditar em seus ideais, lutar pela causa do bem e protegê-los. (O guerreiro Miguel)

"Sim, grande servo. Sua bravura, sede de justiça e sua espada flamejante tornam um universo um local mais tranquilo. Ai de quem o desafiar. (Javé)

"Sou apenas o espelho de ti e minha serventia é servi-lo. Todo meu poder é vosso por direito, meu amado senhor. (Miguel)

"E todo meu amor é vosso. Cuide sempre de meus filhos. (Javé)

"Sim, com minha vida. (Miguel)

"Veem servos? Miguel é o exemplo raro de criação submissa ao pai. Sigam e obedeçam-lhe em todas as situações. (Recomendou Divinha)

"Após nós, Miguel e Lúcifer são os comandantes a serem consultados por questão de poder. (Declarou Jesus)

"Assim seja! (Todos)

O segundo mandamento

Eis que Javé disse: "Não terás ídolos diante de mim e nem prestará honra a outro, pois tudo provém de meu seio eterno".

"Isto se faz com justiça, destes um pouco de tua glória a nós, pequenos seres, e devemos retribuir com gratidão. (Rafael)

"O fraco tornar-se-á grande se crer em mim. (Jesus)

"Na minha humanidade o mundo regozijar-se-á. (Divinha)

"Aleluia! (todos)

"O ciúme é sadio e necessário para a primazia do nosso Deus. (Haniel)

"Não se trata bem de ciúme, Haniel, meu pai não quer que confundimos as coisas. Somente a ele é dada a glória e poder por merecimento. Somos parte dele e devemos cumprir nosso papel na coordenação do universo em expansão. (Divinha)

"Exato. Da minha parte, o amor e o respeito hão de contagiar toda criatura. (Haniel)

"Só não exagere na dose e não provoque discórdia em vez de amor. (Alertou Lúcifer)

"Este Lúcifer e suas brincadeiras. Deixemos o irmão trabalhar em paz. (Miguel)

"Apoiado! (Jesus)

"Façam da forma que tenho dito, não desviem sua atenção nem para a direita e esquerda e vos abençoarei. A alegria do servo está em servir e a do senhor em ser amado. Portanto, não se engrandeçam e queiram ser maior que vossas forças. (Javé)

"Eu vos amo meu pai por ter me gerado e ao meu irmão, Jesus. Agradeço também por ser o protótipo de criatura para criações vindouras. Sinto que tudo tem uma razão e minha razão maior é te adorar como pai e criador. (Divinha)

"Fiz tudo e a todos por meu amor. Não é necessário agradecimento. Amo-te tanto que lhe concedo o que quiser. (Javé)

"Eu quero um amigo para companhia e um anjo para proteção. (Divinha)

Javé, sabedor de todas as coisas, já esperava por isso. Antecipara ao pedido e criara um jovem chamado Renato e designara Uriel como seu protetor especial. Com um sinal, um dos servos abriu a sala de reunião no palácio real, um homem entrou e seu pai então anunciou:

"Estes é o jovem Renato. Cuide bem dele. Uriel é quem o protegerá de todos os males. Uni vocês três porque tenho um propósito" finalizou.

Renato entrou sorrateiramente na sala, encontrou-se com seu amo, o abraçou e sentou ao seu lado. Uriel também se aproximou e cumprimentou os dois. A partir de agora, continuariam a escutar os mandamentos do pai, a deliberar com os arcanjos e a se conhecerem. Imediatamente, a empatia entre eles foi muito grande e era um bom indício de frutos vindouros.

O terceiro mandamento

Jesus disse: "Não tentarás o senhor seu Deus".

"Em verdade vos digo, todo aquele que me colocar a prova não deixará de ter seu castigo justo. Eu sou o eterno, o todo-poderoso e consciente e sei exatamente o momento de agir. (Javé)

"E vós não tendes piedade das criaturas? Já sentiu o desespero de sentir-se só e impotente? (Lúcifer)

"Por isto existe uma coisa chamada fé. Criei-vos completos, com todos os atributos necessários para sobreviver. Ainda assim se existir o medo e a dúvida eu vos ajudarei generosamente. O que não quero é criar uma superproteção e dependência. Vocês são livres! (Javé)

"Será? Não parece que somos se nos impõe regras. (Lúcifer)

"Não são regras, são leis de convivência para o bom ordenamento do universo. Não há por parte nossa, o uso da força para seu cumprimento. Porém, cada um é responsável pelas suas próprias escolhas e suas consequências. (Divinha)

"E é esta a liberdade citada. (Lúcifer)

"sim, a liberdade que traduz o nosso amor. (Jesus)

"Eu sou a prova do amor do pai. Criação humana para atender aos desígnios da criação e do filho. (Renato)

"Cabe a nós servirmos com amor e obediência. Eu faço minha parte com todo prazer ao assistir o Divinha. (Uriel)

"Servir? Só isso? (Lúcifer)

"Não! Ser feliz também. (Miguel)

"A felicidade consiste em si mesmo, no desempenho de suas atribuições, na realização pessoal, no ritual de adoração, em existir pelo grande amor do meu pai. (Jesus)

"Isto, filho amado. Nisto encerra-se meu amor infinito pela criação que jamais nenhuma mente humana ou angélica há de perscrutar. Basta apenas sentir a força deste sentimento batendo nos vossos peitos. (Javé)

"Glória! (Todos)

O quarto mandamento

"Eis que homens e anjos devem trabalhar e cuidar de suas obrigações. No entanto, reservem um dia para o descanso periodicamente".

"Esta é uma lei eterna que deve ser observada. (Jesus)

"Há exceções, mestre? (Raziel)

"Se o seu irmão está em perigo, você não tomaria uma posição? Devemos fazer o bem sempre mesmo no dia de nosso descanso e assim o ser tornar-se-á senhor de suas atitudes. (Jesus)

"Se há exceções, dá uma margem de discricionariedade muito grande. Como agir então? (Lúcifer)

"O justo sempre sabe como agir. (Divinha)

"O servo aprende com o mestre. (Renato)

"Os dois se complementam e enobrecem o criador. (Uriel)

"O trio parado duro sempre tem uma solução. Que asco! (Lúcifer)

"Eles são excepcionais e devem ser respeitados, irmão! (Miguel)

"Assim seja! (Javé)

O quinto mandamento

"Honrai vosso sangue, seus amigos e seu próximo, pois formei o universo para viver em união".

"Todo guerreiro deve agir desta forma tanto na batalha como na bonança. É um sinal de virilidade e de respeito entre os combatentes. Um por todos e todos por um num ciclo de união. (Miguel)

"Muito bem, bravo soldado! (Jesus)

"Eu sei como é isso, Miguel. Eu daria a vida pelo meu protegido. (Uriel)

"Faz muito bem. Devemos tudo a ele. (Miguel)

"Vossas palavras me deixam feliz e seguro. Muito obrigado. (Divinha)

"Agradeça vosso pai que nos criou. (Miguel)

"Estamos honrados com todos aqui. Como deve ser. (Jesus)

"É o mínimo que se espera por gratidão nossa. (Renato)

"Sim, Anjos, criador, filhos de Deus, homens, seres do universo e o próprio Deus cooperam para isso. Tem meu apoio como chefe das potências. (Camael)

"Agradeço e conto com a ajuda de todos. Quanto a mim, prometo uma dedicação fiel a vossas causas. O universo está em boas mãos diante de vossa fidelidade. (Javé)

"Assim seja! (Todos)

Sexto mandamento

"Não matar, não ferir o próximo fisicamente ou verbalmente".

"Vinde a mim todos que estão cansados e sobrecarregados que eu vos aliviarei. Tomai meu jugo sobre vós, aprendei de mim que sou manso e humilde de coração e encontrarei repouso para vossos espíritos. Meu jugo é suave e meu fardo é leve. (Jesus)

"Este mandamento é até para ser seguido em batalhas? (Lúcifer)

"Numa batalha há pelo menos o embate entre duas forças sem controle. Aos guerreiros, é permitido defender-se e neste contexto está você, Miguel, outros anjos guerreiros e subordinados. (Explicou Jesus)

"Há mais exceções? (Lúcifer)

"Não, somente em legítima defesa. (Jesus)

"Qualquer outra intenção além desta, até mesmo o pensamento do mal torna-se pecado. (Divinha)

"Porquê das más intenções é que provém as más obras. (Javé)

Sétimo mandamento

"Sedes leal, fiel e verdadeiro nunca traindo seu senhor ou quem quer que seja".

"Eu procuro servos em todo o universo, pois meu reino está aberto a todos. Porém, faz-se a exigência do cumprimento dos mandamentos e da fidelidade. Uma vez quebrada a confiança, fica difícil restabelecê-la. Eu quero aquele que consegue dar a vida por mim. (Divinha)

"Em mim, tem a segurança. Fui criado para protegê-lo e amá-lo. Sem dúvidas, entregaria minha vida, meu corpo e poder para garantir sua eternidade. (Uriel)

"Eu também. Sinto que nem mesmo o passar do tempo ou a morte nos separará. Eu não existo sem você. (Renato)

"Nem eu. (Jesus)

"Também não. (Javé)

"Nem nós. (Os outros)

"Que lindo! Isto mesmo, irmãos, é este o espírito de união que devemos carregar. Miguel bem sabe como isto será importante em futuras batalhas. (Divinha)

"Vós tudo sabeis e eu apenas sou um servo. Que seja feita a vossa vontade. (Miguel)

"Assim seja! (Jesus)

Oitavo mandamento

"Não roubar, não trapacear no jogo, guerra ou na vida."

"O mais importante num ser criado é seus valores, sua idoneidade e verdade. Sem estas virtudes, não há como dizer que um ser é puro. (Jesus)

"E qual o espírito criado é mais puro? (Lúcifer)

"Sem sombra de dúvida, Divinha. Ele é tão evoluído que podemos dizer que também foi gerado tal qual eu do ventre do pai. (Jesus)

"Nele reside o maior segredo da humanidade e ninguém há de solucionar pois não permitirei. (Javé)

"Aleluia! (Todos)

"Simplesmente sou um jovem que é o filho de Deus corporal, que acredita no universo e na força do bem. Eu juro enquanto viver que o mal não prevalecerá. (Divinha)

"Conte com a minha força nesta luta. (Miguel)

"Conte com minha proteção sempre. (Uriel)

"Com meu companheirismo. (Renato)

"Com minha glória. (Javé)

"Com meu amor. (Jesus)

"Muito bem e vocês podem contar com minha dedicação às vossas causas. Tudo me foi dado pelo pai e em retribuição eu conquistarei o mundo com meu talento "finalizou Divinha.

"Assim seja. (Todos)

Nono mandamento

"Não dê falso testemunho, calúnia, difamação, não minta".

"Eu sou Javé, o Deus do impossível e da verdade, quem mentir não tem minha consistência e não pode ser chamado de meu filho. Por mais que seja dura, a verdade sempre prevalecerá.

"Qual será a punição para quem ser pego na mentira? (Auriel)

"Será excluído do meu reino. (Jesus)

"E do meu coração também. (Divinha)

"Cada um deve cuidar de sua vida sem olhar a do próximo. Deixe a coordenação do universo para mim que controlo tudo. (Javé)

"E o que estiver escrito acontecerá. (Divinha)

Décimo mandamento

"Não cobice ou inveje os bens e os dons do próximo. Trabalhe para alcançar seus próprios objetivos".

"Por que invejaria? Eu sou um ser majestoso e imponente. Eu não devo nada a ninguém.(Lúcifer)

"O cuidado maior é aí: Para não sentir orgulho. Nós não somos nada, irmão! (Alertou Miguel)

"Criei vocês com a luz das minhas mãos e desejo o bom combate de cada um. Cada um tem sua importância, mas não se sintam melhores por isso. (Javé)

"Diante de mim, ninguém é superior, mas mesmo assim não me envergonho de chamá-los irmãos. Sou aquilo que sou e meu pai me ama por isso. O conselho que dou é que continuem o trabalho. (Divinha)

"Entendi. Só o trabalho dignifica o homem ou anjo e nos faz crescer.

Desejo do fundo do meu coração que saibam administrar isso como eu faço. (Renato)

"Grande Renato, companheiro do meu irmão. Fico feliz que você como representante da humanidade tenha entendido isso. Continue! (Jesus)

"Com isso, cada um faz sua história. (Uriel)

Décimo primeiro mandamento

"Seja simples e humilde".

Disse Jesus: "Eis que vos escolhi para serdes minhas testemunhas diante de todos os povos. Eu vos designei pessoalmente o que cada um vai fazer no projeto divino. No tempo certo de meu pai, minha palavra há de preencher o universo inteiro. Pelo meu sangue e minha justiça, eu vos proponho vossa ação na simplicidade e humildade conforme exigido no mandamento. Aqueles que vos rejeitarem, rejeitam a mim e consequentemente a meu pai que me enviou. Aqueles que me aceitam, começam a trilhar um caminho seguro de encontro ao divino."

Décimo segundo mandamento

"Pratique a honradez, a dignidade e a lealdade".

"Irmãos, eu vos proponho uma ação contínua em prol do bem. Sejam seres completos com as virtudes da honradez, fidelidade, dignidade e lealdade e serão abençoados. São estes que terão lugar cativo em meu reino. (Divinha)

"Eu vou tentar praticar isso sempre. Se com isso obter seu favor eu me esforçarei pois não há maior perca do mundo do que ficar distante de ti. (Renato)

"Isto é válido para toda e qualquer situação. (Complementou Jesus)

"Entendi muito bem, mestre. Com minha autoridade, vou impor o seguimento destas regras aos subordinados. Aqueles que falharem, terão a devida recompensa. (Reforçou Miguel)

"A honra do homem e do anjo em suas batalhas está em não fugir delas. A dignidade só demonstra quem segue meus mandamentos e a lealdade e a fidelidade coroam o ser como completo. Fiquem atentos a isso, meus filhos. (Javé)

"Assim seja! (Todos)

Décimo terceiro mandamento

"Em suas relações seja sempre responsável, eficiente e assíduo".

"Esta é minha lei para aqueles que desejam alcançar a graça do meu reino: Eficiência, trabalho, dedicação e responsabilidade. Com estas virtudes, depositarei a confiança em vós de forma que falareis por mim num grande ritual de comunhão. (Divinha)

"No entanto, se decepcionar esta confiança e mergulhares nas trevas, não se desespere. Esperarei até o minuto de vossa existência por uma reconciliação que inclua uma sincera demonstração de atitude de mudança. Eu juro pelo meu pai que não importará o seu passado. Farei uma aliança contigo e esperarei o seu presente que constrói o futuro. Assim a felicidade chegará para vós. (Jesus)

"Qual a amplitude deste mandamento? (Tsadkiel)

"É simples: Não há lugar no meu reino para o displicente e vagabundo. Todos, sem exceção, devem trabalhar para o bom ordenamento do universo. Para isso eu vos criei com todo meu amor. (Javé)

"É justo e nos alegra grandemente em servi-lo. Prometo estar sempre ao seu lado em todas as situações. (Gabriel)

"Em vós e em todos os outros servos fiéis encontro meu agrado. (Retribuiu Javé)

Décimo quarto mandamento

"Evite esportes violentos e o vício no jogo".

"A guerra é um esporte necessário apesar da sua violência. Eu tenho a firme convicção que não serei julgado por isso, não é meu pai? (Miguel)

"Com certeza, servo dedicado. Sua garra nas batalhas é o que traz tranquilidade ao meu reino. Sinta-se livre para agir. (Divinha)

"Odeio as exceções! É como se a regra não existisse. Por que isso, Jesus? (Lúcifer)

"Nada é absoluto. Devemos julgar de acordo com as situações que se apresentam. O importante é sempre procurar fazer o bem. (Jesus)

"Infundirei em cada ser que me teme a inspiração correta. Assim vos livrarei do pecado e do erro. (Javé)

"Assim seja! (Todos)

"Com relação ao jogo? É sempre maléfico? (Renato)

"Quando o jogo se torna um vício é aí que começa a degradação do ser. Deve ser evitado a todo custo. (Divinha)

"Está certo. (Renato)

"Sigam sempre isso, irmãos, e terão minha bênção. (Jesus)

"Aleluia! (Todos)

Décimo quinto mandamento

"Não consuma qualquer tipo de droga".

"Toda droga é prejudicial aos seres. Seu composto químico foi feito para destruir pouco a pouco o organismo e por ser a vida a coisa mais importante, o consumo deve ser sumariamente rejeitado. Quando tiver com problemas, é só falar calmamente comigo que silenciosamente irei escutá-los e com minha mão forte eu agirei e farei o milagre. Creiam em mim e farei o impossível por vós, meus filhos, pois vos amo. (Javé)

Décimo sexto mandamento

"Não aproveite de sua posição para derramar sua frustração no outro. Respeite o subordinado e o superior em suas relações."

"Eu, como comandante das milícias celestiais, sei bem o quanto isso é importante. Orientar os subordinados e respeitar suas atribuições é fundamental para um empreendimento e para uma boa relação entre ambos. (Miguel)

"Exato. Não há ninguém superior a mim e sei quanto é pesado este jugo. Cabe a nós estar atentos sempre ao clamor do servo de modo a atender suas reivindicações. É uma interdependência. (Divinha)

"Sim, filho meu. Criei-vos em alta autoridade assim como Jesus. Temos também os arcanjos que conduzem as milícias angélicas. Cada um é peça fundamental no equilíbrio no universo. Caso haja algum descontentamento é um perigo para a paz e tranquilidade. (Javé)

"Mas ai daqueles que se rebelarem. A justiça divina é poderosa e justa. (Concluiu Jesus)

Décimo sétimo mandamento

"Não tenha preconceito com ninguém, aceite o diferente e seja mais tolerante".

"Eu sou Javé e meu nome é diversidade. Criei a todos com amor e assim continuo tratando da mesma forma. Não importa sua raça, gênero, etnia, opção política e sexual, condição financeira, opiniões ou qualquer outra peculiaridade. Eu sou o pai de todos. O que exijo de você é um comprometimento com o bem e meus mandamentos.

Décimo oitavo mandamento

"Não julgue e não será julgado."

"O ser humano e o anjo são por própria natureza imperfeitos pois foram feitos assim. Portanto, não tem predicado nenhum para julgar o seu semelhante. Deixem isso para vosso superior que vos criou pois ele é santo e seu julgamento é justo. (Ensinou Jesus)

"Como não? Se vejo o mal não poderei castigá-lo? (Lúcifer)

"De forma alguma. Apenas contenha-se e no máximo aconselhe. Cada um deve prestar contas apenas ao seu senhor que é único. (Jesus)

"Certo. Mesmo assim não entendo muito bem pois sou um arcanjo. (Lúcifer)

"Eu também sou, irmão. Mas não cabe a nós questionar a vontade soberana do criador. (Reforçou Miguel)

"Muito menos a vontade dos seus filhos. (Complementou Divinha)

"Nós três representamos a força criadora que existe desde sempre. Logo, temos privilégios em relação às criaturas. (Javé)

"Assim seja! (Todos)

Décimo nono mandamento

"Não seja fuxiqueiro e dê mais valor a uma amizade pois se age assim as pessoas e os anjos vão afastar-se de você e seu futuro é a treva eterna".

"Eu tenho um recado a dar aos seres de língua ferina. Se este órgão o leva a pecar, é melhor que o arranque e jogue-o fora do que todo o seu corpo ir para perdição. Podem ter certeza que não há coisa pior do que um fuxico e se este vier da parte de um amigo é o mesmo que uma facada em seu peito. Uma amizade e uma confiança sinceras não tem preço. Por conseguinte, não desperdice o afeto de alguém pelo fel de sua boca. (Divinha)

"Exatamente, irmão. Criamos o mundo para que todas contribuam uns com os outros objetivando o progresso individual e universal. O pecado às vezes é inevitável mais ai de quem fazê-lo. Excluirei estes seres do meu reino de modo que ninguém fique prejudicado. Foram os que não souberam amar verdadeiramente seu semelhante. (Jesus)

"Isto completa com justiça a máxima de que se colhe o que se planta. (Javé)

Vigésimo mandamento

"Não deseje o mal do próximo nem queira fazer justiça com as próprias mãos. Deixe a justiça divina agir".

"Eu sou Javé, único e supremo. Não queira ser juiz do seu próximo impondo-lhe sanções desnecessárias pois você não tem gabarito para isso. Somente a mim os seres devem prestar contas no tempo devido. Como conheço o coração de todos, o meu julgamento é imparcial. (Javé)

"Nem mesmo eu que sou filho divino tenho a autoridade para legislar. Aliás, não julgamos ninguém. São os próprios atos dos seres humanos que dão testemunho de sua vida. (Complementou Jesus)

"Eu sou a face humana do criador. Sou o filho de Deus espiritual. Minha função é aconselhar e orientar meus irmãos no caminho da vida. No entanto, pelo livre arbítrio de cada um não posso interferir em suas decisões. (Divinha)

"Sou o executor da ira divina. Eu e meus comandados nos esforçamos para manter o universo em paz. Por javé e seus filhos sempre estarei disposto a lutar contra quem quer que seja. (Miguel)

"Quem é como Deus? Tua presença me deixa confortável diante dos inimigos. Diante de tua armadura e espada flamejante os inimigos tremem e no teu peito me apoiarei. Bendito seja Javé! (Divinha)

"Bendito seja e os seus filhos também. (Miguel)

"Em mim tem todo meu apoio. Não serei juiz de ninguém nem me imporei em honra do teu nome porque não existo sem você. (Uriel)

"Eu também não e te amo. (Renato)

"Eu amo a todos porque tudo provém do seio do meu pai. Dignei-me chamá-los de irmãos porque sou manso e humilde de coração. Sejam assim também amigos. (Divinha)

"Assim seja! (Todos)

Vigésimo primeiro mandamento

"Não utilize a magia negra para consultar o futuro ou fazer trabalhos contra o próximo. Lembre-se que para tudo existe um preço".

"Existe uma força negativa em ascensão no universo e sua força é a magia negra. Chegará um tempo difícil em que os seres se dividirão por conta de desentendimentos, mas no momento certo eu agirei. Aqueles que apoiam a magia negra sucumbirão para sempre. (Javé)

"Eu criei a todos com grande amor, mas nem todos compreendem isso. Em busca de seus objetivos mesquinhos e do egoísmo procuram desprezar e prejudicar o próximo. Estes não têm o nome gravado no livro da vida e padecerão no lago de fogo preparado para isso. (Jesus)

"Quando ocorrerá isto, mestre? (Gabriel)

"Após a grande tribulação, dois tempos e meio. (Jesus)

"Eu não compreendo tanta preocupação. Sendo Javé supremo ninguém pode ameaçá-lo. (disse sarcasticamente Lúcifer)

"Disseste bem. Não há ninguém que se compare a nossa força. (Divinha)

"Esperemos o tempo do pai se cumprir. (Concluiu Miguel)

Vigésimo segundo mandamento

"Saiba perdoar pois quem não perdoa o próximo não merece o perdão de Deus".

"Uma vez alguém me perguntou quantas vezes devemos perdoar o próximo. Em resposta, disse que até quantas forem necessárias para a pessoa enxergar o fundo do poço que caiu e se reerguer finalmente. (Jesus)

"Sim, eu também tenha esta esperança, irmão. Sempre acredito no ser humano mesmo que seus pecados sejam grandiosos. O perdão tem uma função restauradora na vida da pessoa. (Divinha)

"Porém não me aborreçam com sua falta de fé e falta de tomada de decisão. Eu procuro servos decididos que enxerguem claramente seu potencial. Tudo tem um limite. (Javé)

"Quer dizer que devo perdoar quem quer meu mal? Isto não tem sentido. (Lúcifer)

"Eu sou Javé e faço descer chuva e sol para bons e maus. Sejais assim também como eu sou. Pois se amas apenas aqueles que te agradam que galardão terás? Os pagãos também fazem isso.

"Nisto consiste nossa grandeza. (Divinha)

Vigésimo terceiro mandamento

"Pratique a caridade pois ela redime os pecados".

"Eu criei os seres com um profundo sentimento de misericórdia e caridade. Muitos negam isto dentro de si e dão mais valor ao egoísmo e ao medo. A estes eu tenho um recado para dar: Quem não pratica a caridade em suas variadas formas de nenhuma maneira terá um lugar no meu reino pois mesmo a maior fé sem obras torna-se vazia. (Javé)

Vigésimo quarto mandamento

"Ajude ou conforte os doentes e desesperados".

"O mundo espiritual e carnal impõe muitas provas aos nossos irmãos e a nós mesmos. Nestes momentos difíceis uma palavra amiga, um socorro e um apoio fazem toda a diferença. Procurem sempre corresponder a atitude fraternal que o pai espera de vós. (Recomendou Jesus)

"Eu faço isto sempre com meus comandados. Ensinei o amor mútuo entre eles e as consequências foram as melhores. Hoje, não há ninguém triste em minhas hostes. (Miguel)

"Amado irmão Miguel, com todo respeito a vós, eu discordo da sua opinião. Ensinar o amor é fundamental, mas também devemos focar no respeito e na hierarquia. Nós somos Arcanjos e em consequência somos superiores a cambada que nos segue. (Lúcifer)

"Visão distorcida você tem sobre sua própria horda, caro Lúcifer. Humildade é uma virtude fundamental para evoluir rumo a perfeição. Veja o meu caso: Apesar de ser rei, sinto-me como qualquer outro mortal e os amos como a mim mesmo. Eu não me envergonharei nunca de chamá-los de irmãos nem de acompanha-los sempre. (Divinha)

"Somos dois, irmão. A grandeza demonstra-se na servidão. (Jesus)

"E você ainda se pergunta porque amo de paixão estes meus filhos. Eles são minha própria face humana. Puros de coração, eles são exemplos de como um ser humano deve ser e sua palavra é lei diante de minha ausência. Ademais, tudo que provém deles é meu pelo fenômeno da comunhão. (Javé)

"As palavras de nosso Deus são verdadeiras e são ordens a serem cumpridas. (Finalizou Gabriel)

Vigésimo quinto mandamento

"Reze diariamente por você, sua família e pelos outros".

"Eu sou Javé, princípio e fim das coisas. Sou o espírito que vem e vai, mas ninguém sabe para onde. Eu não dependo de nada nem ninguém e sou onisciente, onipotente e onipresente. Conheço cada um dos seres que gerei e minhas criaturas e ninguém escapa ao meu poder. Como então vocês devem comportar-se? A força da fé e da oração são fundamentais para o crente e sem ela não há salvação ou milagre. Com estes atributos, o impossível tornar-se-á possível pois eu Sou Javé.

"Rezareis assim: Pai nosso que estais nos céus, santificado seja vosso nome. Venha a nós o vosso reino, seja feita a vossa vontade assim na terra como nos céus. O pão nosso de cada dia nos dai hoje, perdoai as nossas ofensas assim como nós perdoamos a quem nos tem ofendido e não nos deixei cair em tentação, mas livrai-nos do mal. Assim seja. (Jesus)

"Deverás rezar assim: Senhor Javé eu peço tua proteção por inteiro. Proteja-me nos caminhos, nas viagens, de assaltos. Proteja-me dos inimigos, que meu sangue não seja derramado. Proteja-me também dos espíritos malignos, dos trabalhos espirituais, das preces africanas, das feras espirituais e das cobras espirituais. Que as portas do inferno não se aproximem, não me persigam nem me derrotem. Enfim, pelo teu sangue e tua cruz proteja-me de todo e qualquer mal. Assim seja. (Divinha)

"Eu sou seu pai espiritual e o momento de oração é um momento de intimidade entre nós. Fale de sua vida, de seu trabalho, de seus sonhos e medos, peça graças. Eu sempre estarei com os ouvidos bem abertos para suas necessidades. Tenham fé, vos valeis muito. (Javé)

Vigésimo sexto mandamento

"Permaneça com fé e esperança em Javé independente da situação".

"Eu sou Javé, sou seu filho espiritual amado. Muitos podem falar de mim, mas nunca terão minha propriedade. Em mim o pai encontra seu agrado desde o princípio pois sou feito da mesma substancia dele. Nós somos um só. Independentemente do que aconteça, eu vou sempre confiar nele pois é justo, soberano e bom. (Jesus)

"Eu sou o filho corporal, alguém destinado ao sucesso mesmo que tudo conspire contra. Dentre os seres criados, não há ninguém superior a mim em todo o universo. Mesmo assim amo a todos como irmãos. Eu não tenho distinção nenhuma. O que nos une é a grande seiva da vida. Eu sempre acreditei no pai. (Divinha)

"E vocês não tem medo? Angústia? Não sentem o frio e a incerteza do amanhã? Nós, as criaturas, somos incompletas por natureza e precisamos de um apoio superior que nos sustente. Muitas vezes somos abandonados à própria mercê do destino traidor. (Declarou Lúcifer)

"Eu sou humano e sinto tudo isso. Porém, não concordo quando diz que Deus nos abandona. As imperfeições dos seres são como máculas em sua face divina que aos poucos vão separando-lhe definitivamente da graça do meu pai. Nesta situação, só resta mudar de atitude, pedir perdão sinceramente e crer sinceramente em nós, O pai e os filhos. (Ensinou Divinha)

"Estes são meus dois filhos e em verdade vos digo que eu os gerei. Não há ninguém além deles que compreenda minha grandeza e meu amor por tudo o que eu criei. Quem crer em vosso nome e na minha graça tem como recompensa a vida eterna. (Javé)

Vigésimo sétimo mandamento

"Divida seu tempo entre trabalho, lazer, amigos e família proporcionalmente".

"Eu criei o universo inteiro regulando alternadamente entre as partes gerais e específicas. A cada um gênero dei um tempo e um dote proporcional para que realize suas funções. Eu não distingui nem privilegiei ninguém. Portanto, é de suma sabedoria que o façam de modo semelhante a vossas vidas. Divida um pouco do seu tempo para trabalho, lazer, amigos e família de modo que sua estada no universo não fique por demais pesada. (Javé)

Vigésimo oitavo mandamento

"Trabalhe para ser merecedor do sucesso e felicidade".

"Nada é alcançado sem esforço da vossa parte. O futuro é construído através de cada ato do seu presente na relação planta e colheita. Prometo aos trabalhadores o irrestrito apoio a suas causas e minha bênção. Certamente a felicidade brilhará em vossas vidas. (Javé)

Vigésimo nono mandamento

"Não queira ser um Deus extrapolando seus limites."

"Eu sou Javé, senhor de tudo e de todos, onipotente, onisciente e onipresente. Ninguém além dos meus filhos é igual a mim. Por conseguinte, respeitem suas limitações e tenham fé em mim recorrendo a minha graça a todo momento.

Trigésimo mandamento

"Pratique sempre a justiça e a misericórdia."

"Sede justo, magnânimo e misericordioso. Eu sou assim junto á minhas criaturas e assim deves agir entre vós para que experimentem do mais profundo amor. O amor transforma, enobrece e dignifica os seres em seus diversos graus evolutivos. (Javé)

Nova realidade

Logo após o encerramento da reunião de entrega e transmissão de mandamentos, Javé Deus manifestou sua intenção de que eles fossem cumpridos em todo o universo e notificou de sua viagem ao espaço com o objetivo da expansão do universo. Em kalenquer, planeta dos anjos e com características semelhantes à terra atual, ficariam no comando Divinha e Jesus como seres supremos e como subordinados todas as castas que compunham o mundo dos anjos.

Assim se fez. Javé se afastou e os trabalhos no planeta Kalenquer começaram a ser feitos. As cidades desenvolveram-se ao comando dos arcanjos celestiais e tendo como lei o cumprimento fiel dos trinta mandamentos dados por Javé. A paz e a harmonia duraram cerca de três bilhões de anos.

Em dado momento, Lúcifer cresceu em ordem de importância celestial e internamente já não aceitava mais ser comandado pelos filhos de Deus. Foi aí que resolveu aproveitar da ausência de Javé e começar uma campanha entre os anjos subordinados. O objetivo era a tomada de poder e reinar no mais alto dos céus como o próprio Deus. Em vista disso, usou um boato avassalador entre os ignorantes do reino: Javé tinha simplesmente os abandonados ou até morrido. Será que sua ganância e orgulho dariam resultado? Avancemos.

Seráfia

Seráfia era um grande emaranhado de constelações celestes que no total abrigava meio milhão de anjos. Abrigava a Torre da luz, símbolo do orgulho angelical e o palácio da administração ficava quase no centro da cidade facilitando a locomoção do belo arcanjo negro ferido em seu orgulho e pronto para agir. Lúcifer estava realmente revoltado como que ele sendo um anjo superior pudesse ter sido escravo de dois humanos ditos filhos de Deus por tanto tempo. Finalmente acordara, marcara uma reunião urgente com algumas autoridades da cidade e iria revelar-lhe seu descontentamento e seus planos. Tudo no sigilo, é claro.

De arccity, cidade mais perto do fogo divino e onde morava com outros seis anjos de primeira grandeza, eram quase quinhentos quilômetros em medidas humanas. Apesar de ser considerável, esta distância não era grande para um ser superior, dotado de glória e velocidade espetaculares.

O caminho na via dos céus não era tão movimentado e ele pode passar despercebido dos seus inimigos manifestos. Teve a oportunidade de contemplar toda a beleza das formações rochosas, água líquida, anjos em seus trabalhos manuais e espirituais na zona rural, o silêncio e custava a acreditar que tudo aquilo tinha sido criado por um Deus. Um Deus que simplesmente sumira e não voltara mais. E se tudo fosse obra do acaso até o suposto criador? Será que todos não foram enganados e adoravam uma farsa? Era o que tinha certeza e tentaria convencer todos seus companheiros disso. Uma revolta seria a chance de fazer mudança no regime ditatorial de Jesus e Divinha comandado pelo Arcanjo Miguel e seus sequazes.

Contudo, precisaria de muito apoio pois sozinho não poderia enfrentar um exército grandioso e bem armado. Conseguir este apoio seria o mais difícil pois a maioria tinha sangue de escravo e contentava-se com pouco: Uma falsa impressão de felicidade e harmonia que o irritava. O planeta kalenquer e por extensão o universo seria bem melhor se todos tivessem a oportunidade de governar, especificamente ele que era tão preparado e poderoso.

Na pior das hipóteses, criaria um partido de oposição frente aos desmandos de Miguel e seus amos humanos. Uma dualidade cuja força seria a magia negra, fonte do seu poder que fora abafada internamente pela luz dos seus companheiros. Em verdade, Lúcifer sempre fora mal desde o princípio e Javé reconhecia isso. A importância de preservá-lo até a eclosão de uma possível guerra seria de utilidade para o livre arbítrio de seres de outro universo. Assim está escrito no livro da vida.

Em um tempo e meio lá estava Lúcifer desbravando os céus de Seráfia. Altivo e orgulhoso, mal se dava o trabalho de cumprimentar seus irmãos anjos que transitavam de um lado a outro. O que importava no momento era a bendita reunião marcada e que objetivava a libertação dos seus irmãos de gênero. Em contrapartida, se algo desse errado o pior podia acontecer. Um pior de dimensões ainda desconhecidas até para ele que era um arcanjo, um ser superior.

Do extremo sul ao centro foram várias dezenas de quilômetros percorridas entre nuvens, estradas celestiais e predinuvens (Conjunto de nuvens sobrepostas) até a chegada ao palácio da administração. Lá, foi recebido pelas autoridades da cidade e em seguida reuniram-se a portas fechadas num dos compartimentos secretos da predinuvem principal. Ao total, eram doze anjos que se submeteram a discutir com Lúcifer. Começou então a discussão.

"Meus queridos irmãos, convoquei a presença de vocês aqui por algo muito sério. Estamos há três bilhões de anos sendo vítimas de Miguel e sua trupe e não podemos ficar calados. Eu sugiro uma revolução e a tomada de poder por nossa parte. (Lúcifer)

"Por que amigo? Miguel vem nos tratando de forma cordial e justa assim como os filhos de Deus. Mesmo que não seja perfeito, mas é a única forma possível de convivermos. (Achachiah)

"Ele nos trata como servos e isto não admito! Nós somos grandes e podemos mais. (Lúcifer)

"Não vejo desta forma. (Achachiah)

"Eu também não. Miguel é o reflexo de Deus que se apresenta através de Jesus e Divinha. Eu não quero outro Deus além deles.(Cahethal)

"Nós podemos ser os nossos próprios Deuses. Já pensaram na liberdade e no poder alcançados? Contudo, precisamos tomar uma atitude antes que seja tarde ou que Miguel nos descubra. (Lúcifer)

"Eu concordo. Nós somos como cegos guiados pela autoridade suprema. Mas o que ganhamos com isso? É preciso uma reflexão colegas. (Akibeel)

"Será que não podemos chegar a um acordo? (Elemiah)

"Sem acordo! Para Miguel, Jesus e Divinha somos apenas baratas. (opôs-se Lúcifer)

"Eu como anjo não posso mentir. Sou contra a rebelião, mas como todos tem livre arbítrio fiquem à vontade para discutir a possibilidade e preparar-se. Estarei do lado de Miguel sempre independente da situação. (Jeliel)

"Eu o respeito, mas ignoro seres como você que serão sempre servos. Meu pensamento vai além. (Lúcifer)

"O meu também. A força da magia negra também é grande e podemos com ela transformar universos. De forma nenhuma, Javé é absoluto. Aliás, ele não aparece há três bilhões de anos. (Amazarak)

"Javé está em todo lugar. Somente os espíritos frios não o percebem. Ele é o reflexo do mais profundo amor que não podemos compreender. Ele não nos abandonou pois nos deixou seus dois filhos. (Lelahel)

"Filhos que só pensam em si mesmos e não tem tempo para cuidar de nossos interesses, aspirações e problemas. (Replicou Lúcifer)

"Isto não é verdade. Se estamos no nível de hoje referente a paz e a felicidade é pelo empenho pessoal de Jesus e Divinha. Se continuar desta forma, está ótimo para mim. (Mahasiah)

"Uma paz que não nos liberta como bem colocou nosso irmão Lúcifer. (Ananel)

"Estou pronto para lutar caso necessário em prol do bem. O direito de vocês de rebelar-se também é o nosso de se defender e permanecer do jeito que está. (Sitael)

"Se é guerra o que querem, guerra terão. (Vehuiah)

"Também pensamos o mesmo, amigo. (Arazyal)

"Muito bem. Entendi tudo. Sigam-me o que estão do meu lado e os que estão ao lado de Miguel eu tenho um recado para dar: Não desistiremos tão fácil. (Concluiu Lúcifer)

Assim foi concluído a reunião em Seráfia. Os sequazes de Lúcifer começaram o treinamento para a grande batalha enquanto seu mestre cuidaria da próxima reunião na cidade seguinte. Miguel também foi avisado desta movimentação e começou a preparar seu exército e conseguir mais aliados. Ao final, que destino o universo teria?

Querúbia

Logo após a saída de Lúcifer de Seráfia, o mesmo buscou a próxima cidade na linha oeste adentrando no continente. Querúbia era uma das cidades mais importantes do reino sendo um centro político e de grande luminosidade. Era a cidade ideal para o segundo passo do Arcanjo negro que se encontrava um pouco desapontado pela falta de apoio dos seus irmãos. O que eles pretendiam? Continuar escravo de um Deus por mais três bilhões de anos? Em contrapartida a este pensamento ele tinha certeza que sua atitude fora a melhor diante da inércia de seus inimigos. Tinha que tentar!

Provavelmente, a reação dos anjos era uma extensão da vontade divina que mesmo ausente concentrava a plena força. Nisto Lúcifer tinha que se curvar e entender que havia algo realmente maior. Esta mesma força permitia a ele o livre arbítrio para lutar pelo que achava certo mesmo que fosse um grande erro e pecado querer ser Deus. Tudo estava escrito e aconteceria de uma forma ou de outra. O arcanjo negro era também apenas uma peça num xadrez comandado por forças misteriosas que propunham a dualidade desde a origem de tudo e que só agora revelava-se com mais força. Maktub!

Sentindo-se parte integrante deste destino, o filho da luz ou simplesmente Lúcifer voou alçando suas asas negras, seu corpo esbelto, dotado de face angelical, olhos verdes, mãos e braços ágeis, portando um vestido de gala. Teria que estar completamente pronto para mais um debate enquanto seus primeiros servos preparavam-se para uma provável batalha pois nada se consegue diante de ditadores a não ser com força bruta.

Cem quilômetros separavam as duas cidades e o tempo gasto no caminho é aproveitado da melhor forma possível entre observação, análise, planejamento de estratégias e convencimento dos conhecidos que encontrava. Na maioria das vezes, foi rejeitado, mas ele já conhecia esta dor desde que propunha um reinado mais democráticos dos humanos Jesus e Divinha. Seu pedido simplesmente foi arquivado alegando falta de fundamentação. Ele entendera o recado: Em sua opinião, havia uma divisão entre chefes e comandados sendo que os últimos seriam capachos dos primeiros para sempre se não tentassem reagir de alguma forma. Daí originava-se sua revolta.

Ele propunha um novo reino no qual seria chefe. Por ser uma criatura, ele entenderia melhor a necessidade dos outros e tentaria resolver os respectivos problemas. No seu planejamento, alardeava que constava também uma rotatividade do poder entre os aliados mais influentes, mas isto não passava de uma pista falsa para angariar fiéis. Na verdade, o seu intento era a substituição dum reino por outro, Luz por trevas. Por outro lado, isto era algo bastante irreal a considerar as circunstâncias. A luz era uma grande força e por mais que fosse combatida não poderia ser exterminada assim como as trevas. Provocar uma rebelião era mais um ato simbólico do que um ato político e poderia ter consequências desastrosas a depender do rumo das coisas.

A grande falha no plano de Lúcifer era querer coroar-se rei sem ter os predicados para isso. Somente Javé é dada a honra, glória e poder e aqueles que ele conceder. Por direito, a adoração pertencia ao altíssimo e a seus filhos e tentar usurpar isso era uma grande traição por parte dele. Tem coisas que não tem como perdoar e o sentimento que Lúcifer estava provocando nos demais e em si mesmo mostrava que ele não era digno do cargo que ocupava na corte celestial. Javé Deus estava permitindo sua ação para que com ela mesma ele caísse em contradição e desgraça por culpa exclusivamente sua.

O destino se realizaria. Algum tempo depois, finalmente o arcanjo negro chegara a grandiosa Querúbia cujo principado abrigava cerca de quatrocentos milhões de habitantes. Toda esta gama numerosa de anjos pertencia a primeira hierarquia, aqueles que estão bem mais próximos de Deus juntamente com Serafins e tronos. Era exatamente crucial para Lúcifer tentar mexer nos brios dessa população gigante e poderosa através dos seus líderes.

Como tudo estava combinado, o desertor não teve dificuldades em atravessar as nuvens, muralhas e predinuvens em meio ao tráfego de anjos movimentando-se de um lado para o outro. Cada qual com seu objetivo, eram de extrema importância para o equilíbrio do universo e a expansão do sistema que para Lúcifer era fadado ao fracasso.

Com paradas estratégicas com objetivo de conscientizar a população, o arcanjo negro terminou por chegar no centro de administração política da cidade o qual localizava-se na região sul. Mal cumprimentando o porteiro, o filho da luz avançou nas dependências do gigante estabelecimento indo parar na sala da presidência onde os outros os esperavam. Após os cumprimentos, sentou na bancada e iniciou a reunião que era de interesse de todos. Com um ar frio e calculista pretendia avançar em relação a sua proposta.

"Meus caros companheiros de luta, espero que estejam bem. Acabo de chegar de Seráfia onde também me reuni com nossos colegas Serafins. Eu vou passar em todas as cidades pregando exatamente o que eu acho que pode ser e que somos plenamente capazes. Como todos são conhecedores, meu inimigo Miguel pretende aniquilar a todos que pensam diferente dele pois se acha acima do bem e do mal. O que Miguel tem que eu não tenho? Por que ele defende tanto esta cambada de humanos inferiores que se denominam Filhos de Deus? Nós também não somos? Proponho direitos iguais e uma mudança na liderança. Nós mesmos podemos dirigir nosso próprio destino. O que acham? (Lúcifer)

"Você está doente, Lúcifer, seu orgulho e arrogância acabarão o levando a ruína. Desista deste projeto de revolução. Estamos bem da forma como levamos estes três bilhões de anos. Lembre-se que Deus nunca dorme. Muito cuidado. (Aladiah)

"Que Deus é esse que nos abandona e não dá satisfações? Quantas vezes não me senti angustiado, desprotegido, cansado, triste, impotente e ninguém me consolou? Eu me recuso a acreditar que ele ainda existe ou nos ama. Minha revolta cresceu tanto que desejo um reino somente para mim e para aqueles que me apoiarem independentemente das consequências. (Respondeu o acusador)

"Deus não tem explicação, não tem início ou fim, está em toda parte e creio que nos ama pois demonstra através de seus filhos e seu grande servo Miguel. Não reconhecer isto é uma grande ingratidão. Porém, és totalmente livre para continuar em sua empreitada. Só não conte com meu apoio. (HaHaniah)

"Muito bem. O que acha disso tudo, irmão Armen?

"Analisando bem a situação, concordo com você. Estou do seu lado. (Armen)

"Estão vendo? Eu não estou completamente só. Alguns pensam como eu. (Lúcifer)

"O que falta em vós todos que acusam Miguel é a falta de fé. Miguel sendo superior como é, torna-se capaz de entender completamente os desígnios de Deus. Ele age da forma que deve ser e devemos respeitá-lo. Ele nunca se portou como tirano como alguns de vós querem pintar. Ele sempre procura escutar vossas preocupações e angústias e quando solicitado, atua com autoridade e soberania. É um verdadeiro líder a mando dos humanos Divinha e Jesus e quem não os compreende não experimentou o verdadeiro sentido do amor. (Hariel)

"Tem que haver uma solução para evitar esta guerra, pessoal. Já pensaram nas consequências para o universo por ocasião deste embate grandioso? (Haziel)

"Eu pouco me importo e da forma como estão conduzindo o universo muito menos Jesus, Divinha, Miguel e seus capachos. Eles querem a ruína de todos, mas antes disso terão o pago que merecem. (Afirmou Lúcifer)

"Com certeza, irmão. Cada vez mais a magia negra se fortalece e com a ajuda dos mistérios das poções podemos criar nosso próprio universo e reino destronando os farsantes reinantes da atualidade. Conte Comigo. (Armers)

"Muito bem. Fico feliz com vosso apoio. (Lúcifer)

"Temos dois lados em disputa: O reino atual com soberania de Javé por direito e um outro apontando para um governo independente. Deriva do livre arbítrio escolher a quem apoiar. Pesem as possibilidades e consequências. (Alertou Hekamiah)

"Além disso, estamos caminhando para uma possibilidade de termos um verdadeiro genocídio de ambas as partes. Meu Deus, anjos foram feitos para amar e proteger uns aos outros e não discutir e destruir. Que sacrilégio estão cometendo! Eu tenho medo do que possa acontecer, da ira de Javé e pena de vocês. (Laoviah)

"Não se faz uma omelete sem quebrar os ovos. (Armers)

"Vocês rebeldes falam em liberdade, mas vós mesmas aprisionam seus espíritos na deserção, egoísmo, falsidade e mentira. Criticar quem está no poder é fácil. Já imaginaram a responsabilidade de dirigir um universo em expansão com trilhões de sóis, galáxias e infinitas dimensões? Sempre vai ter alguém insatisfeito com as condições, mas isto não quer dizer que possam fazer melhor. Pensem nisso. (Ensinou Mebahel)

"Eu já pensei nisso tudo. O que grita mais forte em mim é a revolta e a vontade de mudança. O resto pensamos depois. (Respondeu Lúcifer)

"Em mim também. Estou com ele. (Arstikapha)

"Meu amigo é Miguel e os humanos meus Deuses. Nunca iria trair a confiança deles. (Yesalel)

"Você é quem sabe. (Vociferou Lúcifer)

"Calma, mestre. Deixe-os para lá. Da minha parte, tem todo meu apoio. (Artqop)

"Certo. Por mim, encerro a reunião aqui. Os que me apoiam podem me acompanhar para integrar-se ao treinamento junto com outros e suas respectivas milícias. Os que me rejeitaram não posso desejar boa sorte. (O arcanjo negro)

Dito isto, Lúcifer e seus sequazes saíram da sala da presidência, alguns instantes depois deixaram a edificação e tomaram seu Rumo. Enquanto isso, os outros comunicaram a Miguel todos os passos do inimigo. Como estava escrito, Lúcifer teria a plena liberdade de manifestar-se e angariar simpatizantes até o momento decisivo. Avancemos.

Tronar

Tronar distava cerca de trezentos quilômetros de Querúbia e seu principado abrigava cerca de 450.000.000 habitantes. Cidade cosmopolita e moderna, era a dimensão dos tronos, anjos pertencentes também a primeira hierarquia. O acusador sabia da importância daqueles anjos poderosos na peleja que pretendia deflagrar e logo que pode alçou voo em direção a citada cidade.

O momento requeria concentração total do anjo da luz na força do seu próprio ódio contra o criador e a criação em geral. Ele era o representante de todos aqueles que não entendiam como o criador saiu em viagem ao universo e os deixara à mercê de dois filhos e um arcanjo simplesmente incapazes de entendê-lo e de dar-lhe nem que seja a chance de democracia e liberdade. Sentia-se temeroso, às vezes impotente, receoso, desanimado, triste, infeliz e sem chão para continuar. Quantas vezes não fora dormir e temera por sua vida? Ele sabia que sua decisão não teria volta. Porém, era a única plausível depois de três bilhões de, na sua opinião, completa escravidão.

Psicologicamente, era fácil entender Lúcifer. Era um misto de despeito e arrogância que se criara através duma força inexplicável e maior chamada magia negra. Rival de Miguel, não se contentava em exercer um papel de menor importância no andamento do universo e isto não era justo em sua visão. Como era o único que tinha poder para enfrentalo, decidiu colocar em prática a ideia de separação e divergência. Entretanto, tinha total e plena consciência da força do seu inimigo e do passo que estava dando: Miguel e seu exército fiel era o mais poderoso do universo e carregava a autoridade do poder do próprio Deus no jargão: Quem é como Deus? O qual atemorizava e aniquilava a todos os quais se opunham a ele.

Era atrás de uma mínima chance de vitória que o acusador corria atrás. Estrategista, tinha certeza que se não ganhasse a guerra pelo menos criaria uma grande dualidade capaz de estremecer o reino dos céus de forma definitiva. Para isso, contava convencer o maior número de anjos que suas ideias tinham fundamento. Nas duas primeiras reuniões que participara, conseguira o apoio de um terço dos líderes locais e em consequência também um terço dos subordinados. Isto se explica: os anjos dividem-se em falanges que obedecem cegamente ao seu dono.

Isto era apenas o começo de uma grande revolução que estava prestes a desencadear-se no universo inteiro. Kalenquer como planeta mãe influenciaria outros mundos a também rebelar-se e aí que residia o perigo. Seguindo as instruções sábias de Jesus e Divinha, o guerreiro Miguel teria que esperar a fim de tomar a melhor decisão. A ordem superior de Javé tinha que ser obedecida e o livro da vida tinha que dar o cumprimento a uma de suas profecias.

Enquanto isso, O diabo continuava em sua viagem até tronar sem nenhum impedimento. Seu ódio só fazia crescer e tomar conta de sua alma fétida e sedenta de vingança. Pouco se importava com a natureza, os anjos e seus próprios valores. Apenas o caos lhe importava.

Com algumas paradas estratégicas com o intuito de repor forças exauridas, O capeta chegou na linda cidade e foi recebido por seus discípulos. Juntos, marcharam até a predinuvem da administração para mais um debate de ideias e tentativa de convencimento de outros. O objetivo era alcançar o maior número de aliados possível.

Ao chegarem no local citado, subiram três andares e reuniram-se a portas fechadas na sala designada para isso. Imediatamente, começa a reunião.

"Queridos irmãos, estamos aqui a debater o nosso futuro e do universo. Cada qual aqui é responsável por suas próprias escolhas e, portanto, tem um papel primordial no embate previsto entre as duas forças que regem o universo. O que me dizem do convite de juntar-se a mim e propor uma nova ordem universal? (Lúcifer)

"Da minha parte não espere apoio pois há só uma verdade e está se chama Javé. Tudo que se opõe a essa força está fadado ao fracasso pois quem é como Deus? Só ele é digno de honra, glória e louvor. (Caliel)

"Estou na mesma situação. Eu e minhas milícias nos esforçamos em obter a graça de Deus e não vamos desperdiça-la agora. (Haheuiah)

"Esta é a escolha de vocês. Se querem permanecer por mais três bilhões à mercê deste império são dignos de pena. Façam como bem quiserem, mas saibam que não pouparei ninguém caso eu vença. (Avisou Lúcifer)

"Jesus e Divinha Nosso senhores não permitirão que tal calamidade aconteça. Miguel está do nosso lado. (Caliel)

"Bom para vocês. (Lúcifer)

"Calma, grande Lúcifer, estes que te rejeitam ainda vão sofrer amargamente nas nossas garras. Conte comigo e meus anjos. (Asael)

"Suas palavras enchem meu coração de esperança, irmão Asael. Obrigado. (Lúcifer)

"Por nada. (Asael)

"As guerras são um grande mal em qualquer situação. Mesmo vencendo-se uma peleja, o sentimento que fica é de tristeza, dor e decepção. Já que provocou isso, vai ter que aguentar as inúmeras consequências, caro Lúcifer, portador da luz que não honra seu nome. (Ieiaiel)

"Eu não me importo. Já que desprezaram minha proposta de implantar uma democracia, agora só resta a mim e a meus comandados a Guerra. (Explicou o acusador)

"Assim me revela Javé: Estou de olhos e ouvidos bem abertos nesta reunião. Cuidado com o que planejam, falam e decidem. (Lauviah)

"Assim como a lua se movimenta, Javé também faz o mesmo. Mas porque ele não aparece a nós todos? Esta distinção entre seres do mesmo gênero é uma das várias facetas injustas do atual e permanente governo celeste. (Reclamou Asaradel)

"Questão apenas de atribuição, querido. Sou destinado a ser desde sempre o conhecedor de mistérios profundos e contato com Deus para só então revelar ao mundo. Entretanto, isto não diminui o amor do pai pelos outros. Pelas provas que deu, ele ama a todos indistintamente e é isto o que pregamos e acreditamos. (Lauviah)

"Ah, sei... (Asaradel)

"Por estas e outras atitudes que consideramos injustas resolvemos encarar este desafio que é uma batalha. Pode parecer traição da nossa parte, mas não é, apenas lutamos pelo que acreditamos. (Garantiu o diabo)

"Independentemente do lado que decidimos ficar, temos que usar a inteligência e fazer com que este acontecimento cause o menor dano possível. A vida para o criador é sagrada e tirá-la por qualquer motivo não estar nos meus planos. (Leuviah)

"Então sinceramente é melhor se poupar e ficar neutro. Mortes são inevitáveis num confronto desta magnitude. (Lembrou Asael)

"Concordo. (Satanás)

"Eu tenho fé, assim como as ervas curam as doenças, que um dia retomemos a paz de outrora. Nem que seja no final dos tempos. (Melahel)

"Esperança vã a sua. Na minha opinião, nada pode ser mais feito. (Azazel)

"Pode ser. O que não deve faltar a ambos os lados é o respeito. E que seja o que Javé quiser. (NelChael)

"Você quer dizer o que Miguel e Lúcifer quiserem. (Azkeel)

"Não devemos levar a ferro e fogo tudo o que ouvirmos nem acusarmos uns aos outros. Se querem fazer revolução, que façam e que aguentemos as consequências desta loucura. (Palaliah)

"Exatamente nisto, eu concordo. Bom, já deixei o meu recado. Os que concordam comigo acompanhem-me e os que estão contra pensem um pouco melhor. Disto depende o futuro de todos. Adeus.

Dito isto, Lúcifer e sua corja retiram-se da assembleia, desceram os andares e finalmente saíram do prédio. A preparação das forças e a busca de aliados continuava intensa de ambas as partes. Simplesmente o universo parara.

Domínios

Domínios é o principado que abriga a população angélica das dominações, anjos de alta nobreza celeste e que frequentemente exercem papéis de liderança na hierarquia celeste, muitos deles sendo condecorados como ministros de Deus. No total da população, são cerca de 550.000.000(quinhentos e cinquenta milhões) de anjos os quais pertencem a segunda escala hierárquica.

Logo após a saída da reunião em Tronar, o beiçudo começou a organizar-se e assim que pode lançou-se em mais uma viagem objetivando angariar mais fiéis para sua causa. Domínios distava cerca de trezentos quilômetros sentido oeste e era de suma importância para o planejamento das duas forças em vista do embate que se desenhava num futuro próximo.

O momento requeria planejamento e reflexão e o ex-arcanjo de Deus sabia muito bem disso. Não podia dar-se por vencido neste momento crucial e de perigo para todos. Uma decisão urgente teria que ser tomada e intuitivamente o diabo negro tinha consciência do que fazer.

Lúcifer aproveitou o tempo gasto no caminho para encontrar mais anjos, discutir com eles, elaborar estratégias, avançar, conhecer melhor ao derredor para elaborar um discurso mais coerente diante da assembleia. Eles tinham que perceber que o mesmo carregava a razão apesar de ser considerado sacrilégio e traição deserdar de Deus num momento de paz e fraternidade que estavam vivendo. Para ele, o grito de liberdade estava em primeiro lugar e valia a pena o risco e o sacrifício. Para outros não, e era exatamente estes que ele queria encurralar através do seu discurso bem desenhado e fatalista.

"O ex-portador da luz" era um ser poderoso e genial. Desde quando fora criado, exercia seu fascínio, esperteza e autoridade diante de todos. Com acesso privilegiado a Javé desde o início obteve o conhecimento dos segredos mais escondidos do universo e gabava-se disso. Quando Javé se afastou, sua ira se inflamou pois foi colocado para escanteio pelos filhos de Deus e arquirrival Miguel. A partir daí, começou a elaborar sorrateiramente uma estratégia para mudar a situação que lhe incomodava. Teve que esperar três bilhões de anos para que alguns dos seus irmãos despertassem e que ficassem incomodados o suficiente para exigir mudanças. O momento especial era este e ele adorava ser o foco principal da peleja embora o medo o assombrasse constantemente. Ele tinha consciência que o poderoso Javé podia ressurgir a qualquer momento e estragar a festa.

Porém, estava firme e decidido e seguiria em frente quaisquer que fossem as consequências. Caso perdesse, não cairia sozinho e como bem conhecia seu amado criador poderia pedir Clemência e seria atendido. Javé não seria capaz de destruir uma multidão de anjos pois seu nome era amor e perdão.

Como explicitado, O Capeta não tinha quase nada a perder e poderia mudar a história do universo para sempre como o mentor da dualidade e ter seu próprio reino. Era o que mais queria no momento. Ser o senhor de si mesmo. Mal sabia ele que isso poderia separá-lo completamente de Deus. Cego pelo orgulho e ambição, o demônio poderia cair num abismo sem fundo junto com seus anjos devido a sua autossuficiência. Era realmente uma pena, mas Javé como Senhor de todas as coisas já previa isso. Era algo escrito no livro da vida e que não fora revelado a ninguém.

Esperemos os fatos. Algum tempo depois, viajando com grande velocidade, Satanás chega na cidade, atravessa completamente a cidade e chega rapidamente na zona leste. Os convidados já o esperavam e juntos adentram na predinuvem do governo. Subindo até o quarto andar, reúnem-se num quarto reservado ao redor duma mesa. Mais uma reunião seria iniciada onde o futuro do universo estaria em jogo.

"Caros amigos, estamos aqui para ouvir nosso companheiro Lúcifer em sua explanação sobre os perigos que corremos neste momento. Com a palavra, o próprio "iniciou Barakel.

"Muito bem. É exatamente isto meus caros. Estamos vivendo um momento decisivo onde cada um deve refletir bastante sobre os fatos recentes e avaliar sua posição dentro disso tudo. Da minha parte, proponho uma reforma no comando e caso seja aceito prometo uma constante dedicação a cada um de seus problemas. Cada qual em sua atribuição, podemos fazer valer o nosso direito de escolher uma nova ordem universal. Basta apenas dizer sim e aliar-se ao meu projeto. O que me dizem? (indagou o ex-portador da luz)

"E o que nos propõe realmente? São muitas vagas suas palavras. (Haaiah)

"Primeiramente, um reino feito por criaturas a meu comando. Distribuição de cargos segundo os méritos de cada um e rotatividade de comando em cargos dando oportunidade a todos. Um reino onde vigora uma lei série e não esta série de trinta mandamentos ridículos que nos prende moralmente. Liberdade de expressão, entendimento e de ação. Eu sei cada um de seus problemas por sentir na pele os mesmos. Distribuição de dons da magia, trevas escuras com grande poder para todos. O que exijo é fidelidade a mim e o engajamento na luta na disputa que há de vir. Acreditem, minha causa é justa e pode ser a de vocês. Vamos ter coragem e enfrentar a tirania atual. (Capeta)

"Louco! Por mais que sejam justas suas causas o que não é bem o caso, não tem como você enfrentar o poder dos filhos de Deus ao comando de Miguel. Eles têm ao seu lado o mais completo e preparado exército do universo. Desafiá-los pode custar bem caro. Como sou inteligente, estou do lado do mais forte. (Haaiah)

"Pelo que entendi, você propõe a substituição dum reino por outro, o que para nós soa como verdadeira utopia frente as condições já bem explicações pelo irmão. Respeitamos sua luta e lhe desejamos sorte, mas não interessa esta proposta descabida no momento. (Ierathel)

"Covardes! Vão ser escravos para sempre desta corja. Prefiro lutar ao lado deste valoroso anjo que dignou-se enfrentar as potências do que ser omisso. Estou contigo, demo! (Baraqel)

"Muito obrigado! (Lúcifer)

"É muito relativo esta questão de escravidão ou liberdade. Para mim, foi sempre tranquilo seguir os mandamentos e em nenhum momento os meus superiores foram ríspidos ou me obrigaram a algo. Na minha opinião, se tudo permanecer deste jeito está muito bom. Estou ao lado de Miguel. (Lecabel)

"Em relação a ausência de Deus tão comentada nas ruas e nos palácios governamentais desde o início ele nos ensinou a sentir e perceber sua presença mesmo a distância. Sou grato pela minha vida e pela minha criação e em hipótese alguma ficarei contra meu Deus. Ele é tudo para mim e explicita-se nas pessoas humanas de Jesus e Divinha. (Nithhaiah)

"Não me fale destes bolos de barro insensíveis. Sabe o que Javé pretende? Enviá-los aos diversos planetas para ensinar e governar ampliando o domínio de Deus. E quem ficará conosco? Apenas o azedo Miguel que a cada dia fica mais convencido. (Revelou o beiçudo)

"E você queria o quê? Eles são os filhos do criador por direito e não devem satisfações a ninguém. Não cabe a nós servos discutir ou questionar os planos do criador. Recolhemo-nos às nossas limitações. É o melhor. (Omael)

"Em verdade sua picuinha é mais por ganância e sede de poder. Eu conheço você. Desde o início, foi um falso que se submetia às ordens do criador por interesse. Em segredo, cultivava a magia e a discórdia. Não nos fale em liberdade por que chega a ser sarcástico. A rebelião é de seu único e exclusivo interesse junto com sua corja. (Reyel)

"Mais respeito ou não respondo por mim. Esqueceu que sou um arcanjo poderoso? Só não lhe dou uma lição no momento porque estou em desvantagem. Mas nos vemos na guerra, pode esperar. (Ameaçou Lúcifer)

"Fique à vontade. (Reyel)

"Os astros aos poucos estão se alinhando em vista da proposta duma nova ordem. Eu agarro-me a estes que já não aguentam os desmandos atuais e faço valer meu direito de escolha pelas trevas. Estou contigo, nobre arcanjo rebelado. (Barkayal)

"Estão vendo? Podem me chamar de louco e aos outros? O que são? (Rebateu as críticas o capeta)

"São a vergonha da nossa classe. Mas terão o pago pela sua desordem caso avancem em seus intentos. (Seheiah)

"O pau arrisca o machado. (desdenhou Lúcifer)

"Estão colocados as explanações de cada um. Que cada um de nós lute pelo que achar melhor e que a justiça prevaleça. (Vasaniah)

"Corretíssimo. (Basasael)

"Bom, vou me retirar agora. Tenho negócios a tratar com minhas forças. Pensem bem no que vos disse e caso decidam aderir a nossa causa estarei de braços abertos. (Lúcifer)

Dito isto, o arcanjo negro saiu da sala acompanhado dos seus servos. Enquanto eles saíam, as notícias da reunião foram repassadas pelos presentes a Miguel que acompanhava a movimentação no reino por longe. O que aconteceria a partir de agora com uma tragédia que se materializava cada vez mais?

Final

www.ingramcontent.com/pod-product-compliance
Lightning Source LLC
LaVergne TN
LVHW020446080526
838202LV00055B/5352